Poetry Slam – Dichterwettstreit auf Münsters Gemüsebühne

Das Buch

Poetry Slam heißt es, wenn sich Münsteraner Dichter in einem Gemüseladen zum Dichterwettstreit treffen.

Dieses Buch enthält eine Auswahl der auf der Gemüse-bühne präsentierten Texte und allgemeine Informationen zum Thema Poetry Slam.

Die Autoren

Texte folgender Autoren finden sich in diesem Buch: Herbert Beesten, Britta Biedermann, Aslan Erkol, Christian F., Beate Hatke, Renate Kindermann, Burkard Knöpker, Dieter Lindemann, Dietmar Lucas, Anne Pollmann, Claudia Ratering, Helmut Wortmann.

Der Herausgeber

Michael Jaffke, geb. 1958, lebt und arbeitet als Softwareentwickler in Münster (Westfalen). Er ist Autor von Gedichten, Kurzgeschichten und biografischer Literatur.

Als Herausgeber dieses Buches präsentiert er das Thema Poetry Slam in seiner Heimatstadt Münster.

Michael Jaffke (Hrsg.)

Poetry Slam

Dichterwettstreit auf Münsters Gemüsebühne

Für B.
Die Katastrophen kommen und gehen.
Doch jedes Mal bleibt ein wenig zurück:
Wir schaffen es.
Auch diesmal.
M.

Das Impressum

© für die Einzelbeiträge bei dem jeweiligen Autor
© 2008 für die Ausgabe bei Michael-Jaffke-Verlag
Wedemhove 18
48157 Münster
Bestellungen und Kontakt über: www.michael-jaffke.de

Umschlag: Felix Jaffke

1. Auflage 2008
Herstellung und Verlag: Books on Demand GmbH,
Norderstedt
Printed in Germany
ISBN 978-3-8370-1402-0

Das Inhaltsverzeichnis

Warum dieses Buch?

An einer Hauptverkehrsstraße in der Nähe des Münsteraner Bahnhofs gibt es einen Gemüseladen mit dem Namen „Peperoni". Dort findet man alles, was man üblicherweise in einem ganz normalen Gemüseladen erwartet.

Doch an den Wochenendabenden wird der Gemüseladen, der im hinteren Teil über eine kleine Bühne verfügt, zu einem Ort für „kulturelle Veranstaltungen" umfunktioniert. Er wird sozusagen zur „Gemüsebühne", auf der unter anderem auch Poetry Slams veranstaltet werden.

Die bei den Poetry Slams vorgetragenen Texte kommen beim Publikum sehr gut an – sei es, weil es Geschichten sind, „die das Leben schreibt", weil sie „witzig" sind oder man sich „berührt" fühlt. Es sind Texte, die authentisch wirken.

Damit die Texte nach den Poetry Slams nicht wieder in irgendwelchen dunklen Schubladen, Ordnern oder Kartons verschwinden, wurde die Idee geboren, die Texte zu sammeln und einem größeren Publikum zur Verfügung zu stellen. Vielleicht auch denen, die noch nie etwas von Poetry Slam gehört haben und sich nach dem Lesen dieses Buches in eine entsprechende Veranstaltung begeben wollen – sei es als Vortragender („Slammer") oder als Zuhörer im Publikum.

Zwei Jahre lang stellten viele Autoren auf der Gemüsebühne die vorgetragenen Texte nach ihrem Poetry-Slam-Auftritt für dieses Buch zur Verfügung.

Daraus entstanden ist ein Taschenbuch mit einer Auswahl von Texten sehr verschiedener Themen in unterschiedlichsten Darstellungsformen wie z. B. Prosa, Gedicht, Märchen, Rap.

Wie es zu dem Buchtitel kam ...

Als ich mich vor einiger Zeit in einer Münsteraner Buchhandlung aufhielt und in der Abteilung Reiseführer vorsichtig einen Kuba-Reiseführer durchblätterte, stand am Regal vor mir eine Frau, die ihr Kind folgendermaßen ansprach: „Schatzi, setzt du dich bitte in den push chair!"

Irritiert blickte ich aus dem Buch hoch, weil mir bis zu dem Moment der Begriff „push chair" noch nicht untergekommen war. Das für mich Erstaunliche passierte: Obwohl das Kind ziemlich klein war, verstand es anscheinend diesen Begriff auf Anhieb und bewegte sich in Richtung des geparkten Kinderwagens.

Ich liebe deutschsprachige Wörter und hasse Anglizismen, weil sie oft zu Unklarheiten und Missverständnissen führen. Trotzdem entschloss ich mich, diesem Buch im Titel die Wörter „Poetry Slam" mitzugeben.

Für diejenigen, die sich dafür interessieren, warum ich diesen fremdsprachigen Begriff entgegen meiner Abneigung verwende, sind hier kurz die Entwicklung und der Inhalt der Überlegungen dokumentiert. Alle anderen können direkt zum Kapitel (→ Die Gemüsebühne) wechseln.

Wegen der besseren Lesbarkeit werden im Text Begriffe wie „Autor", „Leser" etc. in der männlichen Form verwendet. Natürlich ist damit auch die „Autorin", die „Leserin" etc. gemeint.

Die Definition von Poetry Slam

Der Verein Deutsche Sprache (→ http://www.vds-ev.de) hat irgendwo zwischen den Begriffen Podcast (ladbare Hördatei) und Popcorn (das ist Puffmais) auch das Wort „Poetry Slam" aufgenommen und empfiehlt, stattdessen die deutschsprachigen Begriffe „Dichterwerkstatt, Lesung von Publikum für Publikum" zu verwenden.

So richtig treffend finde ich den deutschsprachigen Alternativvorschlag nicht, wenn ich meine bisherigen Besuche der Poetry-Slam-Veranstaltungen Revue passieren lasse. Also versuche ich, mehr Klarheit zu erreichen durch den Zugriff auf das gesammelte menschliche Wissen im Internet namens Wikipedia. (→ http://de.wikipedia.org/wiki/Poetry_Slam)

Dort ist zu lesen:

Poetry Slam (deutsch: Dichterwettstreit) ist ein literarischer Vortragswettbewerb. Es geht darum, eigene Texte innerhalb einer bestimmten Zeit vor Publikum vorzutragen. Bewertet werden sowohl Inhalt als auch Vortragsweise der Texte.

Da sich im Wikipedia kein Kapitel zum „Dichterwettstreit" findet, vermute ich, dass der englischsprachige Begriff weiter verbreitet ist als der deutschsprachige.

Ich beauftrage daher die Internet-Suchmaschine Google (neudeutsch: ich googel oder ich google), nach der Verwendungshäufigkeit von bestimmten Begriffen auf deutschsprachigen Netzseiten (neudeutsch: Webpages) zu suchen:

Suchbegriff	Anzahl Treffer
Poetry Slam	526.000
Dichterwettstreit	10.800
Dichterschlacht	9.920
Dichterkrieg	1.930
Dichterstreit	707
Dichterwettkampf	239
Dichterschlammschlacht	0
Googeln	809.000
Googlen	778.000

Ich muss akzeptieren, dass der englischsprachige Begriff „Poetry Slam" wesentlich häufiger verwendet wird als alle anderen mir spontan einfallenden deutschsprachigen Entsprechungen zusammen.

Ich entscheide mich daher, dass im Buchtitel die beiden meistgefundenen Begriffe verwendet werden sollen: „Poetry Slam" und „Dichterwettstreit" (in dieser Reihenfolge).

Als ich später bei den Google-Ergebnissen dem einen oder anderen Verweis (neudeutsch: Link) folge, muss ich feststellen, dass es auch noch andere Gründe gibt, die Wörter „Poetry Slam" zu verwenden: Es hat mit der Geschichte dieser Veranstaltungsform zu tun …

Die Geschichte des Poetry Slam

Wie so vieles, entwickelte sich auch der Poetry Slam in den USA. Ein gewisser Marc Kelly Smith (Berufsbezeichnung: ehemaliger Bauarbeiter) veranstaltete am 20. Juli 1986 im Green Mill Club in Chicago den „Uptown Poetry Slam", der nach über 20 Jahren dort immer noch jeden Sonntag stattfindet.

Mr. Smith wollte eine andere Veranstaltungsform für das Vorlesen von Literatur versuchen – jenseits der traditionellen Lesung mit Tisch, Stuhl, Leselampe und Wasserglas. Das Ganze sollte mehr Ereignischarakter (neudeutsch: Eventcharakter) bekommen.

Mitte der neunziger Jahre sprang der Poetry Slam nach Asien und Europa über. Erste deutsche Veranstaltungen fanden statt in Berlin (1994), München (1996), Frankfurt (1996), Düsseldorf (1996) und Hamburg (1997).

Mittlerweile gibt es unzählige Veranstaltungen im gesamten deutschsprachigen Raum (→ Die Verweishinweise) und sogar eine deutschsprachige Meisterschaft unter der (englischsprachigen) Bezeichnung „German International Poetry Slam" mit der (deutschsprachigen) Abkürzung „GIPS".

Im Laufe der Zeit hat sich aus den nationalen Wettbewerben heraus auch eine Poetry-Slam-Weltmeisterschaft entwickelt.

Die Gemüsebühne

Die Wolbecker Straße gehört zu den lebhaften Straßen Münsters: Viele Geschäfte, Restaurants und Imbisse verschiedener Nationen und eine ganze Menge Auto-, Fußgänger- und Fahrradverkehr findet man dort.

Ein Hingucker ist die Hausnummer 24, der Gemüseladen „Peperoni". Zwei Glasfronten, innen einladend dekoriert mit frischem Obst und Gemüse, einer orientalisch wirkenden Sitzecke, einzigartigen Fliesen und einem Wein- und Getränkeregal, flankieren den Eingang. Darüber konkurriert der Leuchtschriftzug „Peperoni" um Aufmerksamkeit mit großen bunten Skulpturen dieser scharfen Frucht sowie einem Apfel und einer Orange.

Sobald man eingetreten ist, bleibt es abwechslungsreich. Freundlich begrüßt wird man von Djahan, dem Inhaber des „Peperoni" – mit Handschlag und seinem unverwechselbaren iranischen Akzent.

Djahan kennt nahezu alle seine Besucher und Kunden mit Namen, hat immer ein offenes Ohr und Zeit für einen kleinen Plausch.

Aus seiner Heimatstadt Teheran hat Djahan allerhand Geschichten mitgebracht und, mindestens genauso wichtig: Rezepte. Macht man einen gestressten Eindruck, spendiert er schon mal einen leckeren iranischen Tee mit Datteln. Jeden Mittag wird ein vegetarisches Pfannengericht gekocht, welches auch einen Bezug zur Bühne im hinteren Teil des Gemüseladens hat. Auf der Gemüsebühne können Musiker beispielsweise „Musik gegen Essen" tauschen und für eine Mahlzeit im Laden musizieren.

Will man etwas einkaufen oder sein Essen zahlen und überfliegt die an der Kasse ausliegenden Handzettel (neudeutsch: Flyer), gibt es wieder Grund zum Staunen. In diesem Obst- und Gemüseladen findet auf der Gemüsebühne eine große Bandbreite kultureller Veranstaltungen statt: Klassik-, Rock- und Jazzkonzerte, Comedy, Aktzeichnen, Improvisationstheater und natürlich Poetry Slam, wobei die Veranstaltung im „Peperoni" mit „Gewinn' die Wa(h)lnuss" einen gemüseladenfreundlichen, deutschsprachigen Namen hat. Dieses Motto hat mit den spezifischen Regeln eines Poetry Slams in einem Gemüseladen zu tun.

Der Gewinn der Wa(h)lnuss

Jeder Poetry Slam läuft nach allgemeinen Regeln ab: Nur selbsterstellte Texte dürfen unter Einhaltung eines Zeitlimits vorgetragen werden. Requisiten oder Kostüme sind nicht erwünscht, ein Vorsingen ist nicht erlaubt, wohl aber Sprechgesang. Die Texte werden vom Publikum bewertet, der Sieger der Veranstaltung erhält einen Preis. Begleitet wird der Ablauf durch einen Zeremonienmeister (neudeutsch: Master of Ceremony, abgekürzt: MC), der motivierend und animierend für den ‚Spaßfaktor' bei der Veranstaltung sorgt.

Jede Poetry-Slam-Veranstaltung entwickelt aber auch ihre eigenen Regeln, so auch der Poetry Slam auf der Gemüsebühne, der unter dem Titel „Gewinn' die Wa(h)lnuss" stattfindet (➔ www.gemuesekultur.de):

- Jeder kann etwas vortragen, maximal fünf Minuten lang. Dann klingelt ein Wecker, der von einem „Weckerbeauftragten" aus dem Publikum bedient wird. Das Publikum kann die Redezeit ggf. einmal verlängern (durch gemeinsames, lautes Rufen des Wortes „weiter"). Bei Rufen des Wortes „großartig" hat der Redner die Bühne zu verlassen.

- Eine fünfköpfige Publikumsjury vergibt Punkte zwischen eins und zehn.

- Die drei Punktbesten kommen in die Endrunde und bestreiten dann das große Finale. Sie haben noch einmal drei Minuten Zeit, um dann das ganze Publikum für sich zu gewinnen.

- Der Sieger des Abends ist derjenige, welcher für seinen Vortrag die meisten Wa(h)lnüsse vom Publikum bekommt (jeder Besucher erhält am Eingang drei Wa(h)lnüsse, die er im Finaldurchgang an seine(n) Lieblingsdichter verteilen darf).

- Die Sieger erhalten Sonderpreise wie z. B. Gemüse-einkaufsgutscheine oder ein Essen bei Kerzenlicht (neudeutsch: Candle-Light-Dinner) mittags mit Dja-han im Gemüseladen.

Die Texte

Alle Texte, die hier im Buch veröffentlicht sind, wurden von den Autoren bei den Poetry-Slam-Veranstaltungen auf der Gemüsebühne vorgetragen, freundlicherweise zur Verfügung gestellt und zur Veröffentlichung genehmigt.

Eigentlich ist das Abdrucken von Poetry-Slam-Texten in einem Buch „ein wenig daneben", weil Poetry Slam eine Kombination von Text und Präsentation ist und in einem Buch natürlich der Präsentationsanteil nicht vermittelt werden kann. Vielleicht wären CD oder Video da die besser geeigneten Medien.

Aber selbst wenn einige der Texte vielleicht nur für die Lesung auf der Bühne geschrieben wurden, so sind doch die meisten Texte auch rein literarisch interessant und wirken für sich.

Die hier publizierten Texte der Autoren wurden inhaltlich nicht verändert, nur teilweise an das Layout angepasst. In Einzelfällen erfolgte eine Korrektur von Rechtschreib- und Grammatikfehlern. Alte oder neue Rechtschreibung wurden nicht vereinheitlicht.

Die Texte wurden thematisch zusammengefasst, was nicht immer treffend sein muss, aber ermöglichen soll, die Themengebiete aus der Perspektive verschiedener Autoren zu erfahren.

Die Menschen

Wo du tankst

(Für Katja)

Ich fuhr ihr anfangs manchmal hinterher
und stellte fest, dass sie stets
    an derselben Tanke
    und an derselben Säule
    und am gleichen Tage
Superbleifrei tankt und sagte mir:
    Am besten tank ich auch da
    und auch an derselben Säule
    und am gleichen Tage
und zwar immer hinter ihr
ganz dicht und nah.
Denn nur noch da
    wo die tankt,
    will auch ich tanken.
    Wo die tankt,
    anderswo nicht.
Und dass grad bei Aral und Shell
die Literpreise sanken,
ist mir völlig wurscht –
wo die tankt, tank auch ich!

Schon nach 'nem halben Jahr in etwa
hat sie mitgekriegt, dass ich stets
    an derselben Tanke
    und an derselben Säule
    und am gleichen Tage
Superbleifrei tank und hat gefragt:
    Wieso ich immer an der Tanke
    und an derselben Säule
    und am gleichen Tage
tanke. Da hab ich gesagt,
so ganz verzagt
und puterrot
hab ich gesagt:

Wo du tankst,
will auch ich tanken.
Wo du tankst,
anderswo nicht.
Jetzt kannste mit mir schimpfen
und jetzt könn'n wir uns hier zanken:
ändert gar nix dran –
wo du tankst, tank auch ich.

Ich glaub, das kam bei ihr total gut an,
denn seit sie weiß, wieso ich
          an derselben Tanke
          und an derselben Säule
          und am gleichen Tage
Superbleifrei tank, da grüßt sie mich
          und tankt noch immer an der Tanke
          und an derselben Säule
          und am gleichen Tage.
Und das spricht ja wohl für sich.
Und höchstwahrscheinlich
träumt ja sie
von früh bis spät
längst so was wie:
          Wo der tankt,
          will auch ich tanken.
          Wo der tankt,
          anderswo nicht.
Ja ganz sicher hat sie nur noch
diesen einzigen Gedanken
und schwärmt Tag und Nacht:
Wo der tankt, tank auch ich.

Dieter Lindemann | 57 | Lengerich

Seit Katja mich verließ

(Für Katja)

Und wenn der Wecker morgens klingelt
sag ich „Katja ... Ruhe, Katja!" ...
denn seit Katja mich verließ
heißt alles Katja ... auch der Wecker
heißt jetzt Katja und der klingelt
immer morgens früh und fies ...
und dann steh ich ganz alleine auf
seit Katja mich verließ

und danach muss ich ers'ma' pinkeln ...
doch am Kühlschrank sag ich meist ...
„hallo Katja!" zu dem Kühlschrank
weil der Kühlschrank ja so heißt
und dabei mach ich Katja auf ...
und da liegt so'n Schaschlikspieß ...
„hallo Katja!" sag ich zu dem Spieß
seit Katja mich verließ

worauf das Katjaschaschlik lächelt
und wie soll ich widerstehn
wenn das so lächelt ... und wie soll ich
pinkeln gehn wenn das so lächelt ...
und ich mach den Katja zu ...
doch immer wenn ich Katja schließ
dann geht der Katja wieder auf
und zwar seit Katja mich verließ

und Katja lacht mich an und Katja
lacht mich aus und Katja ruft
und Katja nebelt alles ein
mit einem katjaesken Duft
und dieser Duft hat ein Aroma
zwischen Curry und Anis
und dieser Duft ist hiergeblieben
seit sie ging und mich verließ

und ich sag „hallo hallo Katja"
zu der Pfanne die da hängt ...
denn die heißt Katja ... denn die Pfanne
hat mir Katja mal geschenkt
im Urlaub neunzehnfünfundneunzig
auf dem Flohmarkt in Paris
und darin brat' ich mir 'ne Katja
weil sie ging und mich verließ

und Katja brutzelt in der Katja
und nun hab ich Zeit und geh
ma' ganz schnell pinkeln und sag
„hallo hallo Katja!" zum WC
und bring mich optimal in Stellung
und ich ziele ganz präzis
und treffe immer mittenrein
seit Katja ging und mich verließ

und danach drück ich Katja ab
und Katja rauscht nach irgendwo
und ich schau ihr noch lange nach
und sag dann „tschüss" zum Katja-Klo
und rieche wieder diesen Duft
und fühl mich wie im Paradies ...
weil sie zwar ging ... doch immerhin
mir ihre Düfte hinterließ

und in der Katja auf dem Katja
wartet Katja und ist heiß
und ich streu jede Menge Katja
auf das Katja und ich beiß
ein bisschen Katja ab und noch
ein bisschen Katja und genieß ...
eine Katja nach der anderen ...
seit Katja mich verließ.

Dieter Lindemann | 57 | Lengerich

Hätten oder hatten

Vor kurzem hab ich Monika
am Aaseebad gesehn.
Sie joggte da als ich sie sah
      und ich rief „Hallo gibts dich noch?"
      und sie rief „Aber sicher doch!"
und wir blieben beide stehn

und wir sagten uns was man so sagt
und dass man älter wird
und was ich mach und was sie macht
      und „weißt du noch, vor dreißig Jahrn
      hab ich dich oft nach Haus gefahrn
und nie ist was ... passiert!"

und plötzlich war so'n Prickeln da
und leise fragte ich:
„Wieso – ja sag mal Monika,
      das war doch damals Hippiezeit ...
      man nutzte die Gelegenheit ...
wieso ha'm wir da nich ...?"

und ich kramte so kokett verschämt
nach meinen Zigaretten.
Doch Moni stand da wie gelähmt
      und schluckte laut und sagte blass
      „Ich glaube, du vergisst da was ...
ich dachte stets wir hätten ..."

und ich wurd knallrot im Gesicht
und sagte „Wie? Du... hast...?
Nee weißte was wir hatten nicht!
      Wir waren zwar mal irgendwann
      so kurz davor und drauf und dran
und hätten auch wohl ... fast ...

doch irgendwie hat es dann nie
gepasst und nie geklappt.
Oder sag mal ... wolltest du mit mir
      und denkst du deshalb heute noch,
      wir hätten damals besser doch
und nicht nur fast ... gehabt?"

und Moni sagte aufgebracht:
„Wie meinst du das mit ... fast ...?
Wir haben eine ganze Nacht
      und du warst dabei so enorm
      und unersättlich gut in Form,
dass du mich zehnmal hast!"

und sie stand regelrecht empört
und ich verdattert da
und ich tat als hätt ich mich verhört,
      weil sie mir offensichtlich platt
      ne Story angedichtet hat,
die einfach so nicht war ...

denn wär was an der Sache dran,
dann fiel mir das doch ein!
Doch andrerseits ... zehnmal ... das kann,
      wenn man das alles so rum sieht
      und logisch denkt und Schlüsse zieht,
nur ich gewesen sein.

Dieter Lindemann | 57 | Lengerich

Weibliches Flirten

„Woher kennen wir uns" – fragte er sie
in der Hoffnung das Worte
etwas bewirken
Diesen Spruch hatte sie schon so oft gehört
aber dieser Mann gefiel ihr
„Oh – zuletzt haben wir uns hinter der Venus gesehen
gleich die erste Straße links"
antwortete sie und die Vorfreude
auf ein näheres Kennenlernen dieses Mannes
ließ das Licht in ihren Augen
um 1000 Watt heller werden
„Aha" antwortete er total verdattert
ohne etwas zu verstehen
Das Wahrnehmen des Glanzes in ihren Augen
ließ Energie in ihn einfließen
Dies wiederum spürte sie und ging weiter
mit dem tiefen Wissen
dass er morgen wieder
an diesem selben Ort sein würde

Anne Pollmann | 51 | Münster

Dein Lachen

Gib mir Dein Lachen, versteck es nicht in der Tiefe Deiner
Augen
Zeig's mir – es stärkt mein Herz, es macht mir Mut
Es hilft mir unendlich, Glanz aus den Sternen zu saugen
Damit der Frost erlischt, dann lebt die Glut.

Dein Lachen ist für mich wie Hexenwerk
Ein tiefer Blick in einen Bergsee
Du bist ein Riese – meine Trauer wird zum Zwerg
Du gibst mir Wohlgefühl, so rein wie frisch gefallener
Schnee.

Renate Kindermann | 60 | Münster

Die Tasse

Schon wieder war sie weg. Das Regalfach war leer, und in der unteren Etage im Hängeschrank waren nur noch andere. Ihre Kuhtasse fehlte. Was für ein Morgen! Wie sollte sie in den Tag kommen ohne das freundliche Grinsen der schwarz-weißen Kuh auf einer Tasse voll Kaffee und Milch.

Das waren doch wieder die Leute vom Parallelkurs! In ihrem Kurs hatte jeder seine eigene Tasse. Da wusste auch jeder, was sich gehörte und vor allem, was wem gehörte. Die Kuhtasse gehörte ihr. Da gab es auch keine Verwechslungsgefahr, so wie ihre Tasse sah keine andere aus, nicht mal im Entferntesten. Und jetzt war sie wieder weg. Marita seufzte. So ging es nicht weiter. Rosie, die neben ihr nach ihrer Tasse suchte, einem bauchigen Pott mit rosa und blauen Tupfen, murmelte etwas Ähnliches. „Wir gehen da jetzt rein", sagte sie kriegerisch. „Ich hab keine Lust mehr, jeden Morgen auf meine Kaffeetasse zu verzichten, nur weil die da drüben keine eigenen mitbringen."

„Nehmt doch andere, da sind doch noch genug", versuchte Frieda zu beschwichtigen. Die Tassen im Hängeschrank trugen den Aufdruck des Bildungsträgers, der die Kurse veranstaltete.

„Nein", sagten beide wie aus einem Mund. Frieda war sowieso eine Außenseiterin. Sie hatte jeden Morgen eine andere Tasse, und man munkelte, sie besitze gar keine eigene. Manchmal trank sie auch gar nichts oder hatte eine Flasche dabei, in der sich Wasser oder kalter Tee befinden mochten, wen interessierte das!

Marita und Rosie verließen jetzt gemeinsam die Teeküche. Sie bogen nach links. Am Ende des Ganges war die Tür zum Seminarraum der anderen.

„Klopfen?" fragte Rosie. Immerhin hatte der Unterricht dort schon begonnen. Sie würden stören, und alle würden gucken.

Marita klopfte sehr laut an die Tür und öffnete, ohne eine Antwort abzuwarten. Sie traten ein. An hufeisenförmig aufgestellten Tischen saßen die Kursteilnehmer, junge Leute Anfang zwanzig, genauso wie drüben bei ihnen. Fast jeder hatte eine Kaffeetasse vor sich stehen. Marita hatte ihre Kuhtasse sofort ausgemacht und steuerte darauf zu. Der Dozent begrüßte sie und fragte nach ihrem Begehr.

„Wir wollen nur unsere Tassen holen", sagte Marita. Dann hatte sie die blonde junge Frau erreicht, vor der ihre Tasse stand.

„Das ist meine", sagte sie und griff danach.

Die andere schwieg überrascht und schaute sie mit aufgerissenen Augen an. Marita nahm ihre Tasse vom Tisch und ging wieder zur Tür.

Rosie steuerte derweil auf ihre Tupfentasse zu, die ganz vorne auf einem Tisch stand. Der Dozent und einige der Kursteilnehmer schauten sie interessiert an, als sie an ihm vorbei zu ihrer Tasse ging und sie vom Tisch nahm.

„He, da ist doch noch was drin!" fauchte der junge Mann mit den krausen Haaren, der dahinter saß und daraus seinen Morgenkaffee hatte trinken wollen.

„Bring dir deine eigene Tasse mit", schnauzte Rosie zurück und ging mit ihrer Beute zurück zur Tür. Verwunderte Blicke und fragende Laute begleiteten sie.

„Hab ich doch! Die ist weg!" gab der Krauskopf zurück. Aber was ging das Rosie an! Sie reagierte nicht, sondern ging stracks zur Tür. Marita hatte schon die Klinke in der Hand. Sie sahen sich an, und dann waren sie beide wieder draußen. Ihre Tassen in Händen, kehrten sie siegreich in die Küche zurück.

„Na also!" sagte Rosie. „War doch ganz einfach!"

„Das haben sie jetzt hoffentlich kapiert", grinste Marita. Gründlich spülten beide ihre Tassen aus und schenkten sich ein. Rosie nahm Zucker dazu, Marita Milch. Sie verließen die Küche, Marita mit ihrer Kuhtasse und Rosie mit ihrem Tupfenbecher, und bogen nach rechts ab. Dort war am Ende des Ganges ihr Seminarraum. Der Unterricht hatte schon angefangen. Der Tag konnte beginnen.

Claudia Ratering | 46 | Münster

Die Liebe und so weiter

Es ist Liebe

Ich sehe dich gerne an
Ich wünsche mir, dass auch du mich gerne siehst

Ich habe immer Zeit, dich zu hören
Ich wünsche mir, dass auch du meine Worte nicht nur
im Vorübergehen erträgst

Ich sehe sofort deinen Kummer
Ich wünsche mir, dass auch ich niemals bei dir schweigen
muss

Ich bin bereit, deine Sorgen ernst zu nehmen
Ich wünsche mir, dass du mir vertraust

Ich spüre, dass wir beide uns jeden Morgen neu erleben
Ich wünsche mir, dass auch du dir dieses Leben gerne
schenken lässt

Ich bin froh, ganz bei dir zu sein.

Renate Kindermann | 60 | Münster

Ich berge deinen Kopf

ob du deinen Kopf leer hast
ob du ihn schwer hast
ob du deinen Kopf voll hast
oder ihn auf Moll hast
in meinen Händen ist
er immer
gut aufgehoben

Anne Pollmann | 51 | Münster

Ich dich

Ich fasse dich an
Ich fühle dich
Ich rühre dich an
Ich spüre dich
Ich sehe dich an
Ich ahne dich
Ich mache dich an
Ich rieche dich
Ich spreche dich an
Ich höre dich
Ich rege dich an
Ich schmecke dich
Ich liebe dich an
Ich liebe dich

Ich An Dich

Ich denke dir nach
Du zu mir!

Herbert Beesten | 53 | Münster

Sonnenspiegel

Frühlingssonne ist heut eitel
scheint nicht nur auf meinen Scheitel
dringt viel tiefer in mich ein
schaut mir direkt ins Herz hinein

weil sich dort dieser Spiegel befindet
der mich für immer an dich bindet
du hast in mir eine Sonne aufgeweckt
sie hat ihre Strahlen ausgestreckt

Frühlingssonne spiegelt sie zurück
und ich fühle so viel Glück
sie scheint so hell sie brennt
das ist was man Liebe nennt

Beate Hatke | 31 | Münster

Affäre

Ich habe Angst vor dir
nein – vor mir
nein – vor dem
was hier passiert mit mir

vor deinen Blicken,
die meinen so ungern begegnen
aber die dann doch da sind
so verschlossen
und doch so liebevoll

vor deinen Händen
die mich streicheln
so warm

vor deinen Armen,
die mich halten
so fest

und vor deinem Schlaf
wenn du dich an mich schmiegst
und leise atmest
wenn ich ein kurzes Seufzen höre
der Wohligkeit

dann machst du mich schwach
dann möchte ich mich fallen lassen
alles vergessen
alle Angst

und so liege ich da
genieße dich
und sehne gleichzeitig dein Gehen herbei
weil ich hoffe
du kannst die Angst mitnehmen
aus der Tür
doch du schlägst ihr die Tür vor der Nase zu

und sie nistet sich bei mir ein
fragt mich niemals
ob sie willkommen ist
oder ob sie bleiben darf
sie setzt sich in meinen Nacken
und ruht

doch manchmal
da wacht sie auf
vom Schweigen des Telefons
oder im Schlaf
dann weckt sie mich auch

und dann denke ich
nein
geh
nimm die Angst mit
oder bleib
und hilf mir
sie zu überwinden

Beate Hatke | 31 | Münster

Über Phantasie

Dass in dunkler Nacht
wo sich Mehltau auf das Leben legt
Dein Gesicht sich erhebt
Grübchen ich vor mir seh.

Dass es gelingt
dass zur selben Stund
Dein Lachen in meinem Ohr erklingt
ganz hell und bunt.

Dass du einfach da bist.

Das ist der Phantasie entsprungen
Und doch braucht die Phantasie Futter,
einen Funken, um zu reifen, um zu gedeihen
um zu brennen lichterloh.

Nicht viel – aber etwas, eine Idee entsteht
beim Klang einer Stimme, beim geschriebenen Wort,
manchmal ist es auch nur der Hut eines Mädchens,
schräg ins Gesicht geschoben.

Das inspiriert, lässt die Wüste blühen
wie nach einem Tropfen Regen,
löscht den Durst des Poeten,
stillt den Hunger nach Prosa.

Es weckt den Appetit zu berühren
ganz zart und sacht
über Haut zu streichen
kleine Härchen zu spüren.

Was wär der Mensch nur ohne sie
In der Phantasie hab ich dich geliebt.

Burkard Knöpker | 42 | Münster

Was reimt sich

Was reimt sich schon auf Liebe?
Versuch's doch mal mit Triebe.
Was reimt sich schon auf Herz?
Versuch's doch mal mit Schmerz.

Was reimt sich schon auf Sex?
SM jedenfalls nicht!

Burkard Knöpker | 42 | Münster

Begehren (Liebe – Liebe)

Liebe, Liebe verlass mich nicht
Zeig mir täglich dein Gesicht
Lass mich weinen, lass mich lachen,
Lass mich dumme Sachen machen
Gib mir Federn, gib mir Flügel
Heb mich auf den höchsten Hügel.

Und mein Herz wird groß und warm sein
Langsam wächst die Leidenschaft
Deine Hände sollen mein sein
Meine Lust gewinnt an Kraft.

Tief in mir – treibt wildes Sehnen
Mich heftig hin zu deinem Stöhnen.
Ich will dich treffen, will dich haben
Will mich an deinem Leibe laben.

Von uns'ren Lippen tropfen süße Säfte
Ich zieh' dich in mich voller Gier
Gib dich mir ganz – gib alle deine Kräfte
Ich bin nur – ich – allein mit dir.

Renate Kindermann | 60 | Münster

Emotionale Irritation

Die Erregung erfüllt meinen Körper, meinen Geist, ja, meine ganze Seele. Ich gebe mich deinen streichelnden, fühlenden, mich ertastenden Zärtlichkeiten ganz hin und lasse mich fallen; so wie sich dein Körper, dem ich mich hingebe, mir hingibt und sich hemmungslos fallen lässt. Ich ertaste deine Haut, umarme dich und bewege hingebungsvoll meine Zunge; ebenso genieße ich deine Berührungen, deine Umarmungen und die Bewegungen deiner Zunge.

Mit geschlossenen Augen wage ich diese Hingebung, dieses Sich-fallen-lassen in der mir noch unbekannten Umgebung dieser lauen Sommernacht. Während einer unserer innigen Umarmungen spüre ich unser beider Herzschlag in aller Tiefe, sauge den Geruch deines Körpers in mich ein und bete, dass dieser Moment eine Ewigkeit dauern möge – für immer –, obschon ich vor Erregung kaum denken kann.

Wir haben uns erst vor einigen Tagen kennengelernt und dann vor ein paar Stunden wiedergesehen. Wir setzten uns an einen Tisch im verabredeten Café, und aus dem ersten „Wie geht's dir?" bei Milchkaffee am späten Nachmittag wurde ein früher Abend bei Prosecco. Wir lachten über unsere gemeinsamen Ansichten, als wir sie entdeckten. Aus den Blicken, die wir uns herzklopfend entgegenzusenden begannen, wurden erste, noch zaghafte Berührungen der Hände und dann eine innige Umarmung, aus der schließlich der erste Kuss erwuchs.

Wir beschlossen, zu dir zu gehen. Ich beobachtete dich genau: wie du den Wein öffnetest, deinen Kopf dabei in meine Richtung neigtest, wie du erzähltest und wie du dich auszogst und mich berührtest.

Jetzt liege ich mit geschlossenen Augen neben dir. Meine Empfindungen für dich sind eindeutig – so wie du deine Empfindungen mir gegenüber eindeutig machst. Eigentlich sollte alles klar sein. Ich atme tief und denke nach, weil meine Gefühle mich irritieren. Doch als du dich mir erneut hingibst, verschwindet all meine Unsicherheit und ich kann mich hemmungslos fallen lassen:

Nie zuvor habe ich auf diese Weise für jemanden gleichen Geschlechts empfunden.

Christian F. | 39 | Münster

Onanie

Wenn einem Mann die Mittel fehlen,
egal aus welchem Grund,
sich ein Weiblein zu erwählen,
dann ist das nicht gesund.

Es war ein schnieker Junggeselle
von über 40 Lenzen,
vital und auch im Kopf ganz helle,
mit den besagten Grenzen.

Sehr oft wurd' das zur großen Qual
dem Meister vieler Klassen.
Dann half ihm aber jedes Mal,
sich härter anzufassen.

Und das genau an jener Stelle,
die ein armer Junggeselle
wie eigentlich ein jeder Mann
nicht dauerhaft befried'gen kann.

Weil zu hoch die Trauben hingen,
begann das Phantasieren.
Oder würde besser klingen:
Er musste onanieren.

Helmut Wortmann | 45 | Münster

Das Fühlen und das Denken

Ich, der Fluss

Ich, der Fluss
Die Ufer brechend,
nicht mehr innehalten, nicht mehr aushalten könnend
– die drückende Flut.
Alles mitreißend – zerstörend.
Mich selbst in meinem stummen Bett aufwühlen, zerreißen.
Warum zerstören, alle Deiche, alle Grenzen, meine festen Bahnen?
Erschreckt die, die mich als frischen, lustigen, zustimmenden Bach kennen, obwohl sie mich durch manche Mühle gedrängt, dessen Räder mich zerhackt.
Mich jetzt hassend, die ich treu, nur mit leise murmelndem Widerspruch getragen, getränkt, geführt habe, so selbstverständlich mit ihnen geströmt.
Die, die über lange Wege mich für ihre abschätzigen Wasser missbraucht, jetzt entgeistert, verwundert sind, dass ich nicht alles schlucken kann.

Ich, der Fluss
Aufgestaut von tausend Dämmen,
gedrängt in geraden Deichen,
steile Wehre, gegen die ich nach ihrem Sinn geleitet, mich ohne Chance der Gegenwehr drücken lassen muss, um mich dann schicksalsergeben als herabstürzende Wasser bewundern zu lassen,
– grad so, als ob ich es mit Freude tu
– habe es ja oft selbst geglaubt.

Ich, der Fluss
Bewundert von vielen, solange schön, glatt, solange lieb, aber ja nicht zu schwach, nicht zu unnützlich.

Gewürdigt mit stolzen Blicken, auf schönen sonntagnachmittäglichen Bootspartien.

Aber nur solange herzeigbar, solange verführbar.

Doch zu viele Untiefen, zu viele Wirbel verderben schon die schön geplante Stimmung.

Aber wehe, wehe, ich werde meiner Last nicht frei, muss mehr und mehr, und immer noch mehr aufnehmen, was anders nicht abfließen kann, so dass überbordende Wasser, schmutzig schwarz mit allen in mir aufgenommenen, aufgedrängten, aufgewirbelten Ansammlungen, die noch so kunstvoll geschickt erdachten Deiche und Dämme nicht beachtend einreißen!

Die Fluten aus meiner Seite den Raum, das Land einnehmend, wo meine Last, meine Not, meine reißenden Glieder mir entfließen.

Ich, der Fluss

Hoffend auf diesen Raum. Spürend, dass ihn keiner mir schenkt, ich meine Ausdehnung nur schmerzend und jenseits erlange, mein Aus- und Ansehen einbüße. Das Neue nicht verstanden, von keinem gewünscht wird, aber vom drückenden Strom gefordert.

Nur die, die von fern, von sicherem trockenen Stand zusehen, haben es schon wieder, schon immer gewusst. Muss sie als Verbündete mit ihrem Wissen über meine Wasser hinnehmen, als könnten sie durch meine schwarzen Fluten blicken.

Kein Strömen ohne Druck, kein Ufer, das ich nicht mit meinen Wasseratem überschreite, um zu leben.

Mein Wasseratem! Komm diesem Atmen nicht zu nah ohne dass du meine schwarze Flut klarst!

Wer empfängt mich ohne Festhalten, ohne Stau in meinem neuen, ungemachten Bett?

Zerstörte und alte intakte Brücken hinter mir lassend – ohne Sinn!

Wer wird meinen Wasseratem achten?
Wie kann ich meine neuen Ufer weichen und sie angenehm umspülen?

Ich, der Fluss!
Meine Wasser, meine Flut unbändig lebendig strömend, halte sie kaum aus.
Bin nur Fluss, muss fließen, fließen, fließen!

Bin Fluss!

Herbert Beesten | 53 | Münster

Im Nebel

(angelehnt an H. Hesse)

Seltsam, im Nebel zu wandern,
Einsam höre von deinem Sein
Bande führen zum Andern.
Bin nicht allein.

Voll von Freude ist mir die Welt,
aber noch schwer mit dir teilbar.
Nun, brauchst du einen Held,
der ich nicht immer war?

Wahrlich, ich bin nicht weise
weil mich das Dunkle kennt.
Suchend auf der Reise,
der, der im Nebel kämpft.

Seltsam, Nebel wird Leben, kein Hadern,
Liebe fordert Zusammensein.
Leben in meinen Adern
nicht teilbar – allein.

Herbert Beesten | 53 | Münster

Konga

Wirbelt mich mit festem Stoß
hinabgezogen
beraubt meiner Sinne
mein Körper tanzt
vibriert im Feuer der Kongahäute
eine wilde Meute
nimmt alles
aus der Luft
zerreißt es vor meinen Augen
durchzuckt meinen Körper

trommelnd – wild auf meinen Lenden
bereit zu verenden
im leuchtenden Feuer
des Gottes mit den fallenden Locken

entzündet er meine Füße?
durchströmt mich heißer Wind
lässt mich willenlos schwingen
meinen Körper schreiend verschwimmen
in der überwältigenden Flut

tiefe Schläge in mir
die kraftvoll erzittern
mein Kampf ist verloren
zugehörig bis zum Ende
lechzend auf den Abgrund zureitend
mit peitschenden Schlägen im Nacken
im Ohr das Surren
der tobenden Menge
treibt mich in die Enge
lässt meinen Atem zittern

beim Anblick des Mahls
zubereitet
von wunden Händen
zugerichtet
von heulenden Kongaschlägen
willkürlich treibend
machtvoll verspeisend
dem Wunsch der Menge folgend
innerlich verbrennend
laute Schreie mich umkreisend
zum tausendfachen Echo vereint

Britta Biedermann | 25 | Berlin

Montevideo

Montevideo hat mich mit seinen nach Qualm stinkenden
Klauen eingefleischt,
stinkende Rinnsäle laufen durch die Straßen,
die Luft riecht nach verfaulten Eiern, Hundekot und modri-
gen Häuserwänden.
Völlig betäubt von den Abgasen der unzähligen Autos,
streife ich durch die Massen übel riechender, schwitzender
Leiber.
Kein Windzug,
nur die stehende Luft, zäh
umgibt sie meinen wankenden Körper.
Ein kleiner Junge verkauft karamellisierte Mandeln,
in einem riesigen Topf brodelt eine braune Masse unter
seiner Nase.
Ein alter Mann,
nur noch zwei schwarze Zähne schmücken sein Lächeln,
bietet Matebehälter aus ausgehöhlten Kürbissen an,
lederne Umhängetaschen, Lutscher aus Dulce de Leche.
Mir ist schwindlig, ich versuche mich festzuhalten,
lehne mich an eine abbröckelnde Hausfassade.

Montevideo mit seinem großen Schlund versucht mich
gerade zu verdauen
und spuckt mich auf die Straße,
stößt dabei laut auf,
ohrenbetäubend laut
rollt der Verkehr über die Avenida 18 de Julio,
eine Frau mit einer Eisenstange in der Hand taucht hinter
einem Zeitungsstand auf,
so plötzlich dass ich erschrocken ein Stück zurückspringe,
sie stammelt aufgeregt: „Tassi, Tassi, necesito?"
Immer wieder wiederholt sie diese unverständlichen Wörter,

ich schüttle wie aus einem angelernten Reflex den Kopf
und verschwinde in der Masse der strömenden
Menschen mit unzähligen, weißen, unbedruckten
Plastiktüten,
die man hier in jedem Geschäft beim Kauf jeder noch so
kleinsten Kleinigkeit dazubekommt.

Montevideo hat mich nicht erkannt,
zwischen den unverwechselbaren Gesichterreihen,
blondierten Haarschnitten, vergilbten T-Shirts,
ich fühle mich
wie das kleinste Zahnrad in der enormen Kauf-Verkauf-
Maschine.
Vor einer Bank steht ein Soldat,
schwarze Uniform, zugeschnürte Springerstiefel.
Ich kann meinen Blick in seinen Brillengläsern sich spiegeln
sehen,
eiskalt,
wie die Öffnung des Maschinengewehrs in seinen Händen.

Montevideo verschluckt mich
und ich versuche zu atmen,
doch die Avenida ist zu lang,
die Autos wie verdautes Essen,
drücken sie sich durch die Straßen,
Montevideo wie ein endlos langer Dickdarm.

Britta Biedermann | 25 | Berlin

Auf dem Strandtuch

Ich liege mit dem Bauch auf meinem knallroten Strandtuch
meine Fußsohlen zur Sonne gewandt
weil ich weiß ja – in den Fußsohlen
ist der ganze Körper vertreten
Mein Kreuzbein habe ich freigelegt – ohne Kleidung drüber –
weil da sitzt all meine Verspannung und
die Sonne soll die Verspannung auflösen
damit mein Blut in jede Zelle fließen kann
und ich nicht mehr so friere
So liege ich da also auf meinem knallroten Strandtuch
mit dem Bauch zum Sand
Den Kopf habe ich nach links zur Seite gelegt
Ich fühle die Sonne richtig in meinen Fußsohlen –
die Sonne in meinem Kreuzbein –
die Sonne wird den Rücken stärken
Und weil es mir nach einiger Zeit langweilig wird
mit Augen zu auf meinem knallrotem Strandtuch –
da mache ich die Augen auf
Und da sehe ich etwas blitzern – glitzern – funkeln –
strahlen und leuchten
In der Mitte ist es blau und lila –
am Rand funkelt es gelblichweiß
Es hat etwas von einem Torbogen
Es strahlt und leuchtet von innen her nach außen
Und wieder funkelt es wie ein Stern
Och – wie schön ist das anzusehen
nur das Sehen macht mich schon glücklich
Es ist so brillant
Ich richte mich auf um zu gucken
ob es ein Wassertropfen oder ein Strandkörnchen ist
oder ein verlorener Ring meiner Vorgängerin
Doch als ich mich aufrichte

und einen halben Meter davon entfernt bin
sehe ich gar nichts mehr
Gar nichts
Da springt ein Lachen aus mir
muss man immer wissen was es ist – wenn man etwas schön
findet
Kann man es nicht einfach hinnehmen so wie es ist
Ich lege mich wieder hin auf mein knallrotes Strandtuch
und da sehe ich es wieder mein strahlendes – winziges Etwas
Und ich freue mich nur einfach so daran – ohne zu wissen
was es ist

Anne Pollmann | 51 | Münster

Das eiskalte Wasser egoistischer Berechnung

Leg die Hand auf die Bibel
Schwöre, dass du bist, wer du bist
Gib dich souverän überzeugend
So, als ob dein Wort wirklich gilt.
Erkläre dich an Eides Statt und dass du Referenzen hast
Ansonsten bist du schnell wieder weg.

Sieh in ihre kalten Gesichter
Und lächle, wenn du mit ihnen tanzt
Schieb dich in die bess're Gesellschaft
Schmink dich und verstelle dich ganz.
Beweg dich nicht natürlich, sondern sexy und verführerisch
Ansonsten liegst du wieder im Dreck.

Definiere deine Wege als Ziele
Beachte, dass man dich nicht verlacht
Sei niemals wirklich ehrlich und herzlich
Sonst beschleicht sie noch ein leiser Verdacht.
Gib dich intercool und internett, du kriegst den Besten in dein
Bett,
Gefühle lässt du besser ganz weg.

Das eiskalte Wasser egoistischer Berechnung
Das eiskalte Wasser egoistischer Berechnung
Im eiskalten Wasser egoistischer Berechnung
schwimmst auch Du!

Christian F. | 39 | Münster

Die Natur und die Welt

Die Fliege

An einem schönen Sonntagmorgen,
'nem entspannten und auch leisen,
machte mir erst gar nichts Sorgen,
bis ich sie hörte kreisen:
Riesenbrummer, schwarze Fliege,
surrend über meiner Liege.

„Lass ich sie wohl am Leben
oder soll ich grundlos töten?"
Ein Philosoph, so ist das eben,
kämpft oft mit solchen Nöten.

„Hat eine Fliege höheren Sinn?"
so lautete die Frage.
„Ist sie nicht letztlich auch Gewinn
und nicht nur eine Plage?"

„Inspirierte sie gar Lilienthal,
dem ihr Verhalten nicht egal?
Ist sie nicht der Vöglein Speise,
begeistert Kinder geheimsterweise?"

So lag ich da in tiefem Sinnen,
konnt' meinen Skrupeln kaum entrinnen,
bis plötzlich sollt' mein Sinn sich wandeln.
Der weise Mann bedenkt sein Handeln!

Da das Flugzeug längst erfunden,
ich an Kinder nicht gebunden
und auch alle Vögel satt,
machte ich sie schließlich platt.

Helmut Wortmann | *45* | *Münster*

Mama Pacha

Chorus:
Geborgenheit! Vertrautheit!
Wenn ihr wisst was ich mein, will ich meine Liebe teilen!
Und das ganze Leid, – die Tierquälerei,
sie frisst sich hinein und ich schreibe diese Zeilen!
Geborgenheit! Vertrautheit! Wärme!
Ich spende dir Nähe, wie entfernte Sterne! Lebe!

Part I:
Mama Pacha! Du bist Atem für die Lungen.
Du zeigst deine Tatze. Doch wir töten deine Brunnen.
Und wir sind in der Patsche? Doch wollen weiter boomen!
Und ich schreib bevor ich platze. Du liebst deine Blumen.
Pacha Mama! Lass die Flut bitte ruhen.
Sind ein trauriges Drama, doch vergib, wir sind du.
Und wir töten dich, und schlagen dich wund.
Du hast Blut im Gesicht, doch wirst wieder gesund.
Und ich such den Wendepunkt, mit Rap und Kunst,
vergiss den leeren Prunk, ich mach die Welten bunt.
Ich will Veränderung, wenn die Stimmen hier summen.
Das Bild ist gemalt, lass den Fluchtpunkt erkunden.

Part II:

Du kreierst meine Seele, bist Ursprung des Schaffens,
und ich öffne die Kanäle, spür die Energie des Drachen.
Spucke aus der Kehle – Feuer aus dem Rachen.
Wenn ich die Worte wähle – um bei dir zu erwachen.
Wenn sie fühlende lebende Tiere schlachten.
Vegan zu leben, ist spirituelles Erwachen.
Glaub es oder nicht, das Leben das ist Licht.
Es geht um Liebe, sonst bricht das Genick!
Und all der Hass und der Mord und die Grausamkeit,
sie treiben in die Arme bekannter Einsamkeit.
Doch Tierrechtsarbeit vereint, niemand ist allein!
Und die Erfahrung zeigt – es ist höchste Zeit.

Part III:

Ich bin im freien Fall – spreize die Flügel,
und fließ wie das Wasser über Stein und Hügel.
Mehr Anarchie und Liebe statt nur Demokratie!
Vertrau auf dein Herz statt auf die Bürokratie!
Ich bin offensiv gegen die Pelzindustrie,
all das Leid und das Blut nur um Geld zu verdienen?
Seh das Tier gequält in der Maschinerie,
es war schon immer so, sieh die Massenhysterie!
Die Sterne, das Tier, die Pflanzen, die Menschen,
das Wasser, das Feuer – kennen keine Grenzen.
Mama Pacha, wir kämpfen heute hier –
für die wahre Befreiung von Mensch und Tier.

Aslan Erkol | 25 | Münster

Sonnenlicht

Heute, ja heute, da wartet die Zeit auf mich. Auf mich, der da liegt unter dem Sonnendach auf grünen Wiesen, Feldern und Äckern – dem Rücken der ewig lebenden und mich innerlich erfüllenden Mutter Erde. Der Mutter Erde, aus der ich komme und in die ich, wenn die Zeit für immer still steht, wieder verschwinden werde.

Was mir bis dahin bleibt, ist die Liebe, die mir die Natur gibt und die ich zu schätzen und zu nutzen weiß, indem ich die Liebe in meine Umgebung zurückgebe.

An dem heutigen Sommertag wartet die Zeit, während mein Herz rast und mir davonläuft. Sie wartet, während die Sonne mein Wesen stärkt und mir ein Lächeln schenkt. Sie wartet und verliert jegliche materielle und immaterielle Substanz, sodass ich durch ihre Zeitlosigkeit in die Ewigkeit eintauche.

Was folgt, ist das Gefühl wach zu sein und zu leben, zu lieben, zu lachen. Und erst so kann ich das Kind in mir in voller Stärke in der Ruhe der Ewigkeit aufgehen lassen, alten und neuen Schmerzen begegnen und innerlich gesunden.

Aslan Erkol | 25 | Münster

Kurz nach dem Schneeregen

Das Schönste nach dem Regen
wenn die Sonne
zwischen die Wolken kommt und
der Wind die Wolken weiter wegschiebt
ist der grelle Sonnenschein
Die noch nassen Straßen reflektieren
den Sonnenschein
und es ist sooo grell
Mein ganzer Körper entspannt und wird durchflutet
meine Grübelei löst
sich auf in ein wonniges
Nichts
und wenn ich die Augen zumache
ist alles
orange

Anne Pollmann | 51 | Münster

Es gibt kein Pfand für dich

Alle tun was gegen den Klimawandel.
Ich auch.

Zum Beispiel kaufe ich keine Einwegflaschen.
Und keine Plastiktragetaschen.
Weil mich unsre Zukunft sorgt.
Diese Welt ist nämlich nur geborgt.
Und ich trage Verantwortung.
Und zwar im Großen und an sich.
Einmal hab ich mich vertan
und seit dem Einmal hab ich dich.

Es gibt kein Pfand für dich.
Dein Glück.
Sonst gäb ich dich im Laden ab
und kriegte Geld dafür zurück,
dass ich dich abgegeben hab.
Es gibt kein Pfand für dich.
Mein Pech.
An dir ist niemand int´ressiert.
Sonst wärst du erstens lang schon weg
und ich hätt´ zweitens profitiert.

Ich will gerne Müll vermeiden.
Und Müll von Wertstoff unterscheiden.
Wenn nur uns're schöne Welt
dadurch etwas länger hält.
Ich lass mich nicht von Verpackung blenden. I wo!
Nur was drin ist zählt für mich.
Einmal hab ich mich vertan
und seit dem Einmal hab ich dich.

Es gibt kein Pfand für dich.
Dein Glück.
Und ich hab mal rumgefragt,
ob dich jemand nimmt.
Alle hamse „nein" gesagt.
Und zwar sehr bestimmt.
Und so süffisant gelacht.
„Scheiße!" hab ich nur gedacht!
Es gibt kein Pfand für dich.
Mein Pech.
Du bringst mir keinerlei Ertrag.
Doch heute Abend bist du weg.
Denn heut ist Sperrmüllabfuhrtag.

Dieter Lindemann | 57 | Lengerich

Die Fantasie

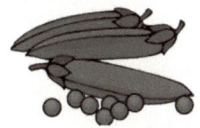

Schreckgedicht

Autos
Erschreckt
Mann
Nicht

AAaaaaaaaahh..

Bist du ein Auto?
Ich bin Schrei!

Herbert Beesten | 53 | Münster

Fischgedicht

ein Steinbeißer und ein Seeteufel die waren
sichtlich ergraut mit den Jahren.
eine Krabbe gab ihnen ungefragt

den Rat, die Schuppen sich färben
zu lassen bevor sie ergraut sterben
das hatte sie nur so dahingesagt

doch Beißer und Teufel ging das sehr
nahe und sie verließen das Meer
um Farbe zu holen auf dem Markt

ein Zander wies ihnen den weiten
Weg und sie ließen sich leiten.
dort wurden sie erjagt

schließlich kommt Fisch
ohne Schuppen auf den Tisch
Pech gehabt.

Burkard Knöpker | 42 | Münster

Der kleine Prinz wacht auf

Der kleine Prinz wachte auf. Er lag in seinem riesigen Himmelbett mit goldenen Pfosten, zwischen weichen, seidenen Laken. Sein Diener Efraim lag in seinem kleinen Bett am Rande des Prinzen-Schlafzimmers und schnarchte leise vor sich hin. Nur ganz leise schnarchte er, denn ein Diener, der den Schlaf des Prinzen durch lautes Schnarchen stört, würde sehr bald nicht mehr der persönliche Nacht-Diener des Prinzen sein, sondern vielleicht wieder die großen angebrannten Töpfe in der Küche des Palastes schrubben.

Der Prinz – wie schon gesagt – wachte auf und es war dunkel und er langweilte sich. Also rief er so laut er konnte: „Ich will, dass die Sonne scheint – und ich will es jetzt!"

Der Diener Efraim wachte natürlich von dem Gebrüll unverzüglich auf. Er war nicht nur ein Leise-Schnarcher-Diener, sondern auch ein kluger Diener. So wusste er gleich, dass es gar keinen Zweck hatte, dem Prinzen zu erklären, dass es völlig unmöglich war, mitten in der Nacht die Sonne scheinen zu lassen. Er stand einfach auf und zündete die große Kerze an, die neben dem Bett des Prinzen stand. Aber der Prinz schrie weiter: „Ich will, dass die Sonne scheint – und ich will es jetzt!"

Der kluge Diener Efraim wusste, jetzt war es wirklich ernst. Er weckte den Morgen-Tee-Diener, den Anzieh-Diener, den Zahnputz-Diener und den Frühstücks-Diener und trug ihnen auf, so viele Kerzen zu holen, wie sie nur heranschleppen konnten. Und so stand das Schlafzimmer des Prinzen bald voller Kerzen, großen Kerzen, kleinen, dicken, dünnen, weißen Kerzen, gelben und bunten. Und alle brannten, so dass es im Zimmer bald so hell war wie an einem strahlenden Sommertag. Und wenn eine Kerze schon so heiß ist, dass man sich daran verbrennen kann, wie viel wärmer waren dann Hunderte Kerzen.

Dem Prinzen jedenfalls war ganz schön warm und er rief wieder. (Warum er rief und nicht in einem normalen Ton redete, weiß ich nicht – vielleicht schreien alle Prinzen). Der kleine Prinz rief jedenfalls: „Ich will im Schnee spielen – und ich will es jetzt!"

Der Diener Efraim wusste natürlich, dass es völlig unmöglich war, um diese Jahreszeit (es war früher Herbst) Schnee zu bekommen, aber er war ja ein kluger Diener und er schickte eine Nachricht an die Küche. Und die Küchen-Diener, die Gemüse-Kleinschneider, Braten-Wender, Geschirr-Spüler, Soßen-Köche, Zuckerbäcker wurden geweckt und in einer langen Reihe in die tiefsten Keller des Palastes geschickt, dorthin wo der Palast schon in den Felsen hineingebaut war und wo es so kalt war, dass es dort Eis gab. Und die lange Reihe der Küchen-Diener schlug dort das Eis von den Wänden und reichte es weiter. Das ging schnell, schnell. Der Prinz wartete ja und schrie derweil weiter: „Ich will im Schnee spielen – und ich will es jetzt!" Und auch das Eis musste schnell bearbeitet werden, bevor es schmelzen konnte. In der Küche wurde das Eis dann ganz klein gestoßen und zerstampft, sodass es aussah wie richtiger Schnee.

Dieser Eis-Schnee wurde dann rasch zum Prinzen ins Schlafzimmer getragen. Der Prinz aber legte nur einmal seine Hand in die Schale mit dem so mühsam hergestellten Eis und schob die Schale dann wieder weg. Er schrie: „Ich will, ... ich will" und verstummte.

Ihm fiel nämlich gar nichts ein, was er jetzt wollte. Und vor lauter Verblüffung fing er an, darüber nachzudenken, was er sich wünschen konnte. Er schaute sich in seinem Schlafzimmer um. Zwischen den Kerzen und den Eimern, Schalen und Töpfen mit dem schmelzenden Eis waren Berge von Spielsachen, bei denen sein Spiele-Diener wartete. Sein Getränke-Diener wartete mit einem Glas seines Lieblingswassers geduldig an einem Bettpfosten, der Toiletten-Diener stand mit dem Töpfchen direkt daneben. Sein persönlicher Nacht-Diener Efraim stand immer noch neben dem Bett und schaute aufmerksam auf den kleinen Prinzen, bereit, jeden Wunsch auf der Stelle zu erfüllen.

Der kleine Prinz aber hatte auf einmal so ein ganz komisches Gefühl, das von seinem kleinen Bauch bis zu seinem Hals hochkletterte und schnell, bevor dieser komische Kloß sich in seinem Hals festsetzen konnte, schrie er mit aller Kraft: „Ich will glücklich sein – und ich will es jetzt!"

Jetzt war es Efraim, der verblüfft war. Er schaute den Getränke-Diener an, den Toiletten-Diener, den Spiele-Diener und den Aufwach-Diener, der gerade hereingekommen war. Und alle, die er anschaute, zuckten ganz leicht mit den Schultern und schauten auf den Boden. In der Geheim-Zeichen-Sprache der Diener heißt das soviel wie: Ich habe keine Ahnung, wie ein solcher Wunsch erfüllt werden könnte.

Trotzdem versuchten alle ihr Bestes, dem Prinzen diesen Wunsch zu erfüllen, denn es war ja ihre Aufgabe, für den Prinzen so gut zu sorgen, wie sie nur konnten. Sie brachten ihm Naschereien, seinen Lieblings-Streichel-Hasen, lasen ihm etwas vor, sangen seine Lieblings-Lieder für ihn. Alles versuchten sie und nichts half. Der kleine Prinz, der entdeckt hatte, dass er nicht glücklich, sondern geradezu unglücklich war, stieß alles von sich und schrie immer weiter: „Ich will glücklich sein – und ich will es jetzt!"

Die Ratlosigkeit breitete sich aus. Sie strömte vom Schlafzimmer des Prinzen durch den Flur, über die Treppen, zu den Küchen, den Ställen, wo die wundervollen Pferde des Prinzen untergebracht waren. Und mit der Ratlosigkeit erfasste jeden, der von dem Wunsch des kleinen Prinzen hörte, eine große Traurigkeit. Die Diener und Dienerinnen, Köche, Stallburschen, Vorkoster, Auf- und Abräumer weinten und weinten, bis sie ganze Eimer voller Tränen gefüllt hatten.

Und diese Traurigkeit floss die Treppen und Gänge wieder hoch zum Schlafzimmer des Prinzen ganz hoch oben im Turm.

Und dann kam die Traurigkeit auch beim kleinen Prinzen an. Zuerst blinzelte eine winzig-kleine Glitzerträne in einem Augenwinkel des rechten Auges vom kleinen Prinzen. Dann gesellte sich eine vorwitzige Kullerträne im linken Auge dazu, dann strömten dem kleinen Prinzen die Tränenbäche nur noch so das Gesicht herunter. Und der Prinz warf sich seinem treuen Diener Efraim in die Arme und weinte und weinte, sein Geschrei wurde leiser und wurde immer mehr zu einem Schluchzen und Heulen.

Und dann war es soweit: Alle Tränen, die der kleine Prinz weinen konnte, waren geweint. Ein letzter trockener Schluchzer ruckte ihm noch durch die Brust. Und in dieser stillen Minute hielten alle, die im Schlafzimmer um den Prinzen waren, die Luft an. Und alle, alle konnten es fühlen – wie ein frischer Windhauch wehte ein ruhiges, warmes, sattes, wohliges Gefühl durch das Zimmer. Das Gesicht des kleinen Prinzen wurde ganz glatt, er machte die Augen zu und atmete ganz tief ein. Und dann – stahl sich ein klitzekleines Lächeln auf die Lippen des Prinzen, nistete sich dort ein, wurde breiter und breiter, bis der kleine Prinz selig lächelte und wieder einschlief.

Dietmar Lucas | 45 | Münster

Der Zoodirektor Waldemar

Waldemar war wirklich genervt. Schon wieder hatte es Beschwerden gehagelt. Der Löwe fand es ungerecht, dass die Pfauen frei herumlaufen durften, während er hinter Gittern bleiben musste. Die Hyänen wollten nicht als Aasfresser beschimpft werden, sondern als Jäger anerkannt wie die Leoparden. Das Flusspferd meckerte darüber, dass es viel enger untergebracht war als die Elefanten, die wiederum sagten, es wäre gemein, dass nur die Giraffen so schön hohe Räume hätten. Die Seidenäffchen wollten auch eine so schöne warme Lampe haben wie die Schlangen, die Störche beklagten sich darüber, dass ihnen als einzigen die Flügel gestutzt worden waren.

Waldemar seufzte und schob den Stapel mit den Klagen und Beschwerden von einer Ecke seines Zoo-Direktor-Schreibtisches zur nächsten.

Was nur sollte er da machen? Keiner seiner Tier-Gäste war zufrieden, so schien es. Waldemar kratzte sich im dünnen Haar, knetete sein kantiges Kinn und beschloss, für heute Feierabend zu machen mit dem Denken und Grübeln.

Er schwang sich auf sein Fahrrad und radelte nach Hause zu seiner Sieglinde. Fast befürchtete er, sie hätte auch etwas zu meckern, so etwa, dass sie den ganzen Tag zu Hause hocken und putzen, bügeln, kochen, waschen, einkaufen und was noch alles machen müsste, während er sich eine schöne Zeit mit den Tieren machen würde.

Aber nein, Sieglinde war freundlich, gab ihm einen schmatzigen Kuss, nahm ihn an die Hand und setzte ihn an den gedeckten Tisch, auf dem schon eine duftende warme Suppe auf ihn wartete. Sieglinde nämlich hatte ihm genau angesehen, dass er nicht so gut drauf war. Wie sie wissen konnte, wann er nach Hause kommen würde, weiß ich nicht. Sie wusste so einiges – und das wusste auch Waldemar. Und so – mit der warmen Suppe im Bauch schon ein kleines bisschen weniger unzufrieden – traute er sich auch, von seinem anstrengenden Tag im Zoo und den vielen Beschwerden der Tiere zu erzählen.

Zuerst hörte Sieglinde ganz genau zu, fragte auch ein paarmal nach, und dann machte sie dem Waldemar einen Vorschlag. „Was für einen Vorschlag?" wollt Ihr wissen? Einen Augenblick, ich erzähle es Euch gleich. Erst muss Waldemar ins Bett und schlafen – er ist ja auch schon reichlich müde.

Morgens dann steht er auf, trällert ein Liedchen vor dem Spiegel beim Rasieren – das macht er nur, wenn er eine ganz super-gute Laune hat. Herzlich und fest drückt er seine Sieglinde, schwingt sich auf sein Fahrrad und fährt ganz schnell zum Zoo.

Dort ruft er alle Tiere zu einer großen Konferenz zusammen. Das ist gar nicht so einfach, weil man ja aufpassen muss, dass die Fleischfresser-Tiere ihre Nachbarn nicht mit einem zweiten Frühstück verwechseln. Dann sind alle auch mit Schubsen und Drängeln fertig und schauen ganz neugierig zu Waldemar hoch, der sich aus dem Fenster seines Büros lehnt.

„Ich habe gründlich nachgedacht" sagt er.

„Das muss aber gequalmt haben", kichert eine besonders freche Hyäne, die aber sogleich streng zurechtgezischt wird.

Waldemar fährt fort: „Viele von euch sind der Meinung, dass sie ungerecht behandelt werden."

„Hört, hört", kam diesmal von einem der Löwen, den aber keiner zurechtwies; er war nämlich als etwas nachtragend bekannt.

Waldemar ließ sich von den Zwischenrufen auch gar nicht aus der Ruhe bringen. „Die anderen, so klang es aus allen Mündern, Mäulern und Schnäbeln, würden anders und damit besser behandelt. Das soll aufhören! Allen soll es gut und gleich gehen."

Jetzt waren alle Tiere außer Rand und Band. „Bravo!" „Genau!" „Habe ich ja schon immer gesagt!" Waldemar wartete, bis sich der vieltönige Radau gelegt hatte, und fuhr fort: „Wir werden uns jetzt zusammen überlegen, wem es hier wohl am allerbesten geht, und genauso wie er sollen dann alle anderen behandelt werden."

Wieder gab es mehrstimmige lautstarke Zustimmung. „Wem von uns geht es denn am besten?" Jetzt begannen alle Tiere mit Pfoten, Krallen und Tatzen auf andere Tiere zu zeigen und ihre Wahl mit energischer Stimme zu unterstützen.

Das ging eine ganze Weile, bis Waldemar sich wieder Gehör verschaffen konnte.

„Da scheint es so keinen eindeutigen Gewinner zu geben. Vielleicht können wir anders herausfinden, wem es am besten geht. Es soll sich einfach der von selbst melden, der denkt, er ist hier ganz ohne jede Einschränkung zufrieden."

Während die Tiere auf diesem Einwurf herumkauten – und teilweise wiederkäuten – schaute Waldemar aufmerksam in die Runde. Er konnte bald sehen, was dann auch die Tiere nach und nach bemerkten – manche mit stupsiger Hilfe ihrer Nachbarn: Keiner meldete sich. Keiner hob auch nur so viel wie ein Schwanzhaar.

Nach geraumer Zeit rührte sich doch etwas. Ein Raunen wogte durch die versammelten Tiere, als Waldemar selber seinen Arm hob. „Ich", sagte er, „bin hier zufrieden. Es gibt nichts, was mich heute stört, ich freue mich auf jede Minute dieses Tages." Er machte eine kleine Pause. „Und so werden wir alle nach und nach das bekommen, was ich bekomme."

Damit war die Konferenz zu Ende und die Tiere liefen, hopsten, krabbelten und schlängelten zurück in ihre Käfige, künstlichen Teiche, Gehege und Terrarien. Derweil unterhielten sie sich lebhaft darüber, was sie denn jetzt erwarten könnten an Zoo-Direktor-Zufriedenheit. Alle waren sich einig darüber, dass Waldemar recht hatte damit, dass er der Zufriedenste von allen sei und sie freuten sich schon darauf, dass es ihnen genau gleich und damit genauso zufrieden gehen würde.

Bald darauf trugen die Tierpfleger die Zoo-Post aus, und jedes Tier bekam einen Brief von Waldemar mit Vorschlägen für eine allseits gerechte Versorgung, die auch direkt durchgeführt wurden.

Die Schlange bekam die gleiche gerechte Temperatur, wie Waldemar sie auch in seinem Büro hatte. Dazu wurde die Wärmelampe fast ganz heruntergedreht.

Den Hyänen wurde jeweils eine Tasse Tee und ein Käsebrötchen gebracht – das gerechte Waldemar-Zweites-Frühstück.

Die Giraffen sollten in dem Raum neben Waldemars Büro untergebracht werden, aus dem gerade die vielen Tierbücher herausgeräumt wurden, die Waldemar in langen Jahren gesammelt hatte.

Bei den Affen wurden die Kletterseile und Turngeräte abgebaut. Dafür kamen ein alter Schreibtisch, eine Leselampe, ein klappriger Stuhl und ein riesiger Stapel Unterlagen in den Käfig – fast genau wie bei Waldemar im Büro. Die Affen bekamen den Auftrag, die Steuererklärung vom letzten Jahr vorzubereiten.

Der Elefant, die Löwen und das Flusspferd sollten sich das Fahrrad teilen und schon mal ihr neues Zuhause – Waldemars Häuschen nämlich – anschauen.

Und was würde Sieglinde dazu sagen? Sieglinde hatte gewusst, was passieren würde, denn – Ihr ahnt es längst – genau das alles war ja ihr Vorschlag gewesen. Sie hatte zu Hause vorsorglich das gute Porzellan und ein paar von den zerbrechlicheren Vasen, den zierlichen Hocker und die kleine

Glasvitrine auf den Dachboden gebracht. Auf die Tür zum Dachboden hatte sie mit großer Schrift gemalt: Hier geht Waldemar nie rein! Was ja auch stimmte.

Und alle Tiere bekamen so etwas ab von der Waldemar-Zufrieden-Gleichheit-und-Gerechtigkeit. Aber statt dass nun alle so ein breites Grinsen im Gesicht trugen wie Waldemar, der durch den Zoo marschierte, als hätte er seit drei Tagen Kuchen geschleckt – waren die Tiere immer noch nicht zufrieden. Im Gegenteil!

Könnt Ihr euch vorstellen, was für ein Riesen-Geschrei so ein ganzer Haufen Tiere machen kann, wenn sie auf einmal krakeelen? Und genau das taten sie. Alle Tiere jammerten, kreischten, brüllten, quiekten und posaunten, was die Lungen hergaben. Jedenfalls beinahe alle Tiere. Die Schlange war so durchgefroren, dass sie nicht einmal mehr mit der langen Zunge zischeln konnte.

Der Elefant war mit Waldemars Bett zusammengebrochen und hatte sich eine Rippe geprellt. Die Affen verstanden nichts von der blöden Steuererklärung, langweilten sich furchtbar, schmissen die Aktenstapel um und nahmen den Stuhl auseinander. Ein Löwe hatte wunde Füße vom Fahrrad-Pedale-Treten und das Flusspferd fand Waldemars Badewanne einfach lächerlich winzig. Den Hyänen knurrte der Magen, die Geier hatten von der Linsensuppe Durchfall bekommen, und die Zebras waren in der Bürotoilette eingeklemmt.

Und hörte das Geschrei auch irgendwann wieder auf? Ja, das schon – aber erst, als alle Tiere wieder in ihren eigenen Zuhausen waren, den so ganz unterschiedlichen. Und es musste erst alles genauso wieder hergerichtet sein, wie es vorher gewesen war: für jedes Tier ganz anders und auf seine – genau für ihn allein – passende Weise.

Und wisst Ihr, was das Merkwürdigste war? Lange, lange nach diesem Abenteuer gab es im ganzen großen Zoo nicht eine einzige winzige Beschwerde, so als hätten alle Tiere begriffen, dass es sogar dann total gerecht zugehen kann, wenn nicht alles gleich ist und jeder anders behandelt wird.

Dietmar Lucas | 45 | Münster

Die Autoren

Alle Autoren, die sich an diesem Buch beteiligt haben, finden sich in der folgenden Tabelle mit einem Verweis, auf welcher Seite ihr Textbeitrag zu finden ist.

Name	Seiten
Beesten, Herbert	34, 46, 49, 68
Biedermann, Britta	50, 52
Erkol, Aslan	60, 62
F., Christian	42, 56
Hatke, Beate	35, 36
Kindermann, Renate	26, 32, 41
Knöpker, Burkard	38, 40, 69
Lindemann, Dieter	18, 20, 23, 64
Lucas, Dietmar	70, 74
Pollmann, Anne	25, 33, 54, 63
Ratering, Claudia	27
Wortmann, Helmut	44, 58

Die Literaturhinweise

Anders, Petra:
Poetry Slam. Live-Poeten in Dichterschlachten
– Ein Arbeitsbuch
Verlag an der Ruhr, Mülheim, 2007.
ISBN 978-3834602930

Bylanzky, Ko/Patzak, Rayl (Herausgeber):
Planet Slam. Das Universum Poetry Slam.
Yedermann, Riemerling, 2002.
ISBN 978-3935269209

Greinus und Wolter (Herausgeber):
Slam 2005. Die Anthologie zu den Poetry Slam
Meisterschaften
Voland & Ouist, Dresden, 2006.
ISBN 978-3938424087

Preckwitz, Boris:
Slam Poetry: Nachhut der Moderne (erste deutsche Magister-
arbeit zum Thema Poetry Slam)
B. N. Preckwitz, Berlin, 2002.
ISBN 978-3935269209

Westermayr, Stefanie:
Poetry Slam in Deutschland – Theorie und Praxis einer
multimedialen Kunstform
Tectum-Verlag, Marburg, 2004.
ISBN 978-3828887640

Die Verweishinweise

(neudeutsch: Linktipps)

- Allgemein:
www.slampapi.com – der „Erfinder" des Poetry Slam
www.poetryslam.com – die „offizielle" Poetry-Slam-Seite
(USA)

- International:
www.poetrysociety.org.uk – England
www.slameur.com – Frankreich
www.epibreren.com – Niederlande
www.poetryslam.dk – Dänemark

- Deutschsprachig:
www.poetry-slam-portal.de – Deutschsprachige Poetry
Slams und Verweise auf lokale Veranstaltungen
www.slam2003.de bis www.slam2008.de – Deutschsprachige Poetry-Slam-Meisterschaften ab 2003

- Sonstiges:
www.nationalbibliothek.de/PoetrySlam/PoetrySlam.html –
Netz-Poetry-Slam
www.slam2007.de/slam/docs/DieSlam-Bibel.pdf – Die
Slam- Bibel oder: wie man einen Poetry Slam gewinnt.
www.poetry-slam-portal.de/media/pdf/Magisterarbeit -Poetry
Slam.pdf – Performanz der Bild-Assoziation im Poetry Slam;
Ansätze zu einer intermedialen Poetik; Wissenschaftliche
Hausarbeit zur Erlangung des akademischen Grades eines
Magister Artium

- Ohne Bezug zum Thema des Buches:

www.michael-jaffke.de – Netzseite des Herausgebers
www.farbig-und-rostig.de – Netzseite des Herausgebers

Der Herausgeber

In meinem Hauptberuf bin ich Softwareentwickler – in der Freizeit mutiere ich zum „Künstler" in verschiedenen Ausprägungen: Zum einen bin ich Autor mit Beiträgen in verschiedenen Anthologien und der Herausgeber eigener Bücher – zum anderen betätige ich mich als Schrottbildhauer (→ Die Werbung).

Meine Tätigkeit als Verleger und Auftragsschreiber für Lebensgeschichten (→ www.michael-jaffke.de) zielt darauf ab, Menschen zu ermöglichen, das zu Papier zu bringen, was für sie eine besondere Bedeutung hat und was sie bewahren möchten.

Meine Motivation, dieses Buch zum Thema Poetry Slam herauszugeben, lässt sich aus folgendem Zitat des russischen Dichters Pasternak ableiten:

„Literatur ist die Kunst, Außergewöhnliches an gewöhnlichen Menschen zu entdecken und darüber mit gewöhnlichen Worten Außergewöhnliches zu sagen."

Die Werbung

Kauft dieses Buch, wenn Ihr es Euch geliehen habt! Wenn Ihr es Euch gekauft habt, verleiht es nicht, sondern empfehlt anderen, es ebenfalls zu kaufen! Das Buch ist bewusst dünn gehalten worden, damit es für fast jeden erschwinglich ist.

Wenn Du dreizehn Mal keine Bildzeitung kaufst oder wenn Du mal einen Abend die Kosten für eine Schachtel Zigaretten und das Bier einsparst, kannst Du Dir dieses Buch schon leisten!

Ich hoffe, dass das Buch projektkostenmäßig eine „Schwarze Null" wird, sodass die Ausgaben von den Einnahmen gedeckt werden. Das würde es mir ermöglichen, weitere Buchprojekte in dieser Richtung zu machen – Ideen mit weiteren Autoren und anderen Literaturformen gibt es bereits.

Wenn Du aber dieses Buch schon gekauft hast und nicht unbedingt noch weitere Exemplare erwerben möchtest, kannst Du mich auch gerne mit dem Kauf von Schrottskulpturen quersubventionieren. Auf der Netzseite (→ www.farbig-und-rostig.de) findest Du verrostete Eisenskulpturen aus Schrott von mir, die teilweise käuflich zu erwerben sind.

Da meine Frau und ich eine gemeinsame Haushaltskasse führen, wäre auch eine Quer-Quersubventionierung über meine Frau denkbar, denn auf der Netzseite (→ www.farbig-und-rostig.de) bietet sie ihre Acrylmalereien an. Ein Erlös aus ihrer Tätigkeit könnte demnach über zwei Ecken wieder zu einem neuen Buchprojekt führen. Also einfach mal die Netzseite (→ www.farbig-und-rostig.de) besuchen und ein bisschen stöbern – vielleicht findet sich dort was Farbiges oder Rostiges für die Wand oder den Garten, oder...

Ganz schön nervig und peinlich hier die Werbung und die ständigen Hinweise auf (→ www.farbig-und-rostig.de) – oder? Aber so ist Werbung nun mal. Ständige Wiederholungen bewirken manchmal ... STOPP.

Die Danksagung

Ich danke Djahan für die Tees (teilweise mit beigelegten Datteln), die frisch gepressten Gemüsesäfte, die Orangen und seinen beständigen Optimismus, wenn ich Zweifel hatte, ob dieses Buchprojekt wegen der zunächst spärlich abgegebenen Texte überhaupt zustande kommt.

Ich danke allen Autoren, die ihre Texte zur Verfügung gestellt und damit dieses Buch erst ermöglicht haben.

Ich danke Christian für die werbewirksamere Darstellung der Gemüsebühne.

Ich danke Frau B. für die Unterstützung beim Umgang mit der deutschen Sprache.

Ich danke meiner Frau Birgit für die wie immer gnadenlose Kritik und die Unmenge an Verbesserungsvorschlägen.

Ich danke Felix für seine vielen Ideen bei der Gestaltung des Buchumschlages und die Geduld mit seinem Vater bei der Menge der Änderungsvorschläge.

Ich danke meiner Tochter Linda, dass ich zwischendurch mal das Telefon benutzen durfte.

Ich danke auch Dir und mir.

Die letzte Seite

… ist leer und kann für eigene Zwecke verwendet werden.